LA CHARITÉ.

LA

CHARITÉ,

PETIT POÈME EN TROIS CHANTS,

DÉDIÉ

A Sa Majesté l'Impératrice Eugénie.

Non ! les grands ne sont grands que par la Charité,
Qui les fait ressembler à la Divinité.

E. L.

PÉRIGUEUX

IMPRIMERIE DUPONT ET Cᵉ, RUE TAILLEFER.

1866.

1867

LA CHARITÉ.

Non ! les grands ne sont grands que par la Charité,
Qui les fait ressembler à la Divinité !....

CHANT Ier.

Bien avant que le Christ descendît sur la terre,
Un Dieu puissant tenait, en ses mains, le tonnerre.
Il gouvernait les cieux, d'anges environné;
D'éternelles clartés il était couronné !........

. . . .

. . . .

Ici-bas, l'homme ingrat n'avait qu'indifférence,
Pour ce Père dont rien ne lasse la clémence !.....

Et qui, pour affaiblir la malédiction
Dont l'homme fut frappé dès sa rébellion,
Mit, dans son cœur brisé, la divine espérance,
Ce baume qui nous fait supporter la souffrance !....

. . . .

Fille du ciel, et sœur de la félicité,
L'espérance obéit avec docilité.

. . . .

Son prisme merveilleux nous montra l'esclavage,
Ce lac profond !..... et le ciel au rivage !.....

. . . .

Mais les hommes, livrés aux caprices des flots,
Fatigués de lutter, sans trève, sans repos,
Méconnaissaient la main puissante et généreuse
Qui les soutient toujours sur la mer orageuse !.....
Ils erraient au hasard !... aveugles, par fierté,
L'abandon leur semblait être la liberté !......
Et, blasphémant un Dieu dont l'immense tendresse,
Au pécheur repentant accorde la sagesse,
Ils n'écoutaient les lois que de leurs passions,
Et couvraient l'Univers de leurs transgressions !....
Chaque jour ajoutait à leur ingratitude !......

. . . .

Le Seigneur eut pitié de cette multitude !....

Il voulut ! Et la foi s'alluma dans les cœurs,
Elle les entoura d'indicibles lueurs !.........
Sur les forfaits humains déversant sa lumière,
Aux justes, peu nombreux, elle apprit la Prière !...
Messagère de paix, elle inspira, d'abord,
Aux fidèles épars, un salutaire accord....
Puis, prenant leurs souhaits sur ses ailes de flamme,
Au ciel elle emporta l'ardent cri de leur âme !....

Bientôt, à ses soupirs, les anges sont émus ;
Et Dieu, pour apaiser les larmes des élus,
Permet qu'abandonnant leur paisible patrie,
Les vertus viennent rendre à la terre flétrie,
Un peu de cet éclat rayonnant et si doux
Dont Lucifer maudit avait été jaloux !......

. . . .

Les hommes, si longtemps plongés dans l'ignorance,
Purent sortir, enfin, de leur trop longue enfance!....
Sur leurs fronts ennoblis par un sublime espoir,
On lut en lettres d'or, ce mot puissant : « Devoir!.... »

. . . .

L'humilité naquit de la foi vive et tendre;
Aux cœurs justes et bons, Dieu sait se faire entendre!...
L'humilité devint un précieux joyau;
Le mérite en forma son transparent bandeau;
La science aux beaux-arts s'unit avec adresse;
L'activité chassa la honteuse mollesse;
Et des vertus, priant pour adoucir nos maux,
Le ciel récompensa les patients travaux.

. . . .

Des prophètes nombreux soulevèrent le voile
Qui cachait aux mortels une brillante étoile!....
L'espérance atteignit de magiques hauteurs.
L'Univers oublia ses forfaits.... ses douleurs!...

. . . .

. . . .

Mais, sur le sol mouvant des passions humaines,
Les âmes en exil se crurent souveraines!......

L'orgueil leva, soudain, son front audacieux!.....
L'égoïsme agrandit son cercle ambitieux,
L'intérêt gouverna, sourdement, toutes choses!
La haine distilla son poison sur les roses!....

. . . .

Les vertus, que l'orgueil brisait de toutes parts,
Adressèrent au ciel leurs désolés regards!.....
Et tandis que, guidés par d'étranges folies,

Les hommes inconstants fuyaient leurs bons génies ;
Tandis qu'ils grossissaient, de crimes, leur fardeau ;
Tandis que de la foi s'éteignait le flambeau ;

. . . .

Tandis que sur leurs yeux s'amoncelaient les ombres,
Bethléem, aux vertus, prêtait ses grottes sombres !.......

. . . .

Un prodige nouveau, divin gage d'amour,
S'accomplissait pour nous au céleste séjour :

. . . .

Dieu calme et bon, voyant s'ouvrir l'immense abîme
Que l'homme avait creusé, lui !... son œuvre sublime !...
Dieu, dis-je, mesurant l'étendue du malheur
Où l'homme allait périr !... Dieu connut la douleur !...

Sa douceur suspendit l'arrêt de sa justice.
Mais sa gloire, exigeant un complet sacrifice,
Et l'Univers, maudit, n'offrant plus un mortel
Digne d'apaiser, seul, la colère du ciel,
Le Maître qui, d'un mot, a créé la lumière !....
Et des mondes divers a réglé la carrière !....
Le Dieu qui, du soleil, dirige les rayons !....
Ce Dieu que, trop souvent, hélas ! nous oublions !....
Le Seigneur entoura d'un regard ineffable,
L'homme qui devenait, chaque jour, plus coupable.

. . . .

Sous ce divin regard, l'Univers tressaillit !...
L'hymne des bienheureux dans le ciel retentit !...

Jésus venait à nous, Jésus, sauveur suprême !...
C'était la Charité naissant de Dieu lui-même !...

CHANT IIe.

Le Christ avait porté sa couronne d'épines ;
Il avait regagné les célestes collines,
Nous laissant des leçons pour éclairer les pas
Des mortels aveuglés qui ne comprenaient pas!....

Dans les sentiers bénis, égarés dès l'aurore,
Les disciples en deuil étaient faibles encore!
Leurs yeux appesantis ne voyaient plus le ciel,
Et leurs craintives mains ne dressaient pas l'autel!...
Cependant, si le doute effleurait, dans sa course,
Un des cœurs abreuvés à la sublime source,
Rien n'égalait l'amour que ces cœurs aguerris
Conservaient pour le Dieu qui les avait choisis!...
. . . .
Humbles, dans leur grandeur, les fils du divin Maître,
Malgré leur zèle ardent, n'osaient faire connaître
Aux peuples réunis, la sainte et pure loi,
Qui devait les changer en héros de la foi!....
Leur douleur se mêlait à celle de Marie,

Timidement, leur âme invoquait le Messie!....

. . . .

Le Christ, auprès de Dieu, sur un trône éclatant,
Soutenait leur vertu de son front triomphant!....
Et, voulant leur donner une preuve nouvelle
De son pouvoir sacré, de sa gloire éternelle;
Voulant surtout, en eux, graver le souvenir,
De leur isolement que, seul, il peut finir,
Le Christ tendit vers Dieu ses deux mains suppliantes!...
Il lui montra son cœur.... puis nos âmes souffrantes!...
Sa bouche avec amour simplement murmura :
« *Dominus ! Dominus ! Fiat voluntas tua ! ! ! ! ! ! ! !* »

Et Dieu, dans un élan de tendresse infinie,
Tressaillit de bonheur à cette voix bénie!.....

. . . .

. . . .

Du Seigneur éternel et du divin Jésus,
Les regards bienfaisants un instant confondus,
Retombant sur le cœur des apôtres timides,
Et les embrasant tous de leurs flammes rapides,
Transformèrent, soudain, les agneaux en pasteurs!.....
Divine Charité! Ce sont là tes faveurs!.....

L'Univers redira les travaux et la vie
Des envoyés de Dieu contre la tyrannie;
Il dira leurs succès, leurs bienheureuses morts,
Comment ils sont entrés dans les célestes ports !.....

D'un pas tardif, il suit la marche des Apôtres,
Et compare, tout haut, leurs actes et les nôtres !

Laissons à l'Univers ce pénible labeur !...
Nous, poètes, chantons cette loi du Sauveur !....
Loi d'amour éternel, d'amour inaltérable !....
Loi d'amour généreux, pour toujours immuable !....
Qui courbe, sous son joug miséricordieux,
Les hommes sur la terre et les anges aux cieux !....
Chantons ce doux reflet de la bonté divine,
Devant qui le méchant avec respect s'incline !.....
Chantons ce don du ciel !... Chantons la Charité !....
Qu'elle inspire nos chants jusqu'à l'éternité !.....

Mais, qu'ai-je dit ? O ciel ! Et quelle est mon audace ?....
Quel sera mon appui dans les champs de l'espace ?....
Où trouver des accents dignes d'un tel sujet ?....
Où trouver des couleurs pour peindre un tel objet ?....
Qui me transportera jusques à la demeure
Où la Charité prie, quand l'humanité pleure ?....
Qui pourra m'accorder la grâce d'entrevoir
Un seul instant, de Dieu, le limpide miroir ?....
Oh ! qui me donnera des ailes de colombe,
Pour suivre ce rayon qui ne craint pas la tombe ?...
Qui guidera mes pas hésitants, incertains,
A travers les douleurs qu'elle épargne aux humains ?...

Aux plaines de Sion, je vais, pauvre glaneuse,
Essayer d'amasser, d'une main anxieuse,

Quelques épis tombés des mille gerbes d'or
Dont l'humble Charité compose son trésor.
Maintenant qu'aux vertus Dieu la donne pour guide !
Sublime vérité ! rends mon cœur intrépide !.....

CHANT IIIe.

Si je voulais tracer les immenses bienfaits
Accomplis en faveur des mortels imparfaits,
Depuis que ce soleil vint embraser le monde,
Et l'arracher soudain à son erreur profonde;
Si je voulais compter et redire aux échos,
Les actes et les noms de ses nombreux héros,...
Il me faudrait puiser dans un divin langage!...
Et que le ciel joignît des siècles à mon âge!...

. . . .

Ma mission, plus simple, a pourtant un danger!...
Rien ne peut l'adoucir, rien ne peut la changer!...

. . . .

Il ne faut comparer la tiédeur de notre âme
Avec l'ardent foyer dont la vivante flamme,
Au lieu de ranimer en nous, l'amour du bien,
Nous paraît une chaîne, un servage, un lien!...
Il me faut avouer qu'une terreur secrète,
Accompagne les dons de notre main discrète!...
Il me faut dévoiler l'orgueil, la vanité,
Que trop souvent, hélas! on nomme Charité!...
Quand, de titres pompeux, j'entends qu'on les honore,
Je doute que, du ciel, Dieu nous regarde encore!...
Et pour me dérober au désolant tableau
D'un monde où la vertu sert, à tout, de manteau!...
Pour fuir ce grand théâtre où l'humanité joue,
Les uns plongés dans l'or, les autres.... dans la boue!...

Je porte mes regards sur la sainte assemblée
Des femmes dont la robe est partout vénérée !...

. . . .

Simple, comme leur cœur, cette robe en tout lieu,
Au pauvre, à l'orphelin, apprend le nom de Dieu !....
Elle passe sans bruit, en silence, inconnue !....
Infirmes et pécheurs, disent, la voix émue :
« Je vous bénis ! ma Sœur ! Ah ! quel est votre nom ?...
» La prière, pour nous, n'est plus un vague son !....
» Au Seigneur, désormais, nous aurons confiance !....
» Un jour il vous paîra notre reconnaissance ! »

La Sœur Grise (1), à ces mots répond modestement :
« On m'appelle Sœur Anne ou Marie, simplement !..... »

Puis elle sait, du bien, leur indiquer la route
Facile aux malheureux qui veulent fuir le doute ;
Sa voix, avec douceur, montre aux abandonnés
Qui jettent autour d'eux des regards étonnés,
Des frères, des amis, des sœurs, une famille,
Dans les infortunés dont l'Univers fourmille !....
Elle sait, avec art, prouver que le bonheur
Est dans la pauvreté, mais n'est pas dans l'erreur !..
Rien n'arrête le cours de son œuvre sublime !...
L'ange de la victoire ou l'ange de l'abîme (2),

(1) Les mots : Sœur Grise, personnifient ici tous les ordres religieux qui ont pour occupation le soulagement des misères humaines.

(2) La guerre, les épidémies, les fléaux. Pendant la visite de Sa Majesté l'Impératrice aux cholériques d'Amiens (épidémie de 1866), un malade demandant quel nom il devait donner à la personne qui bravait ainsi la mort pour apporter de précieuses consolations aux victimes du fléau : Appelez-moi *ma Sœur*, répondit Sa Majesté l'Impératrice, rendant, avec une sublime simplicité, le plus délicat hommage au dévouement des Sœurs de Charité.

S'abaissent-ils sur nous, glaives étincelants?...
La Sœur Grise a toujours, pour les cœurs chancelants,
Un mot d'espoir, un mot comme Dieu les inspire!
Et qui fait qu'avec joie une victime expire!....
Le soldat courageux et le vieillard perclus,
De ses soins vigilants ne peuvent être exclus!...
Jusqu'à leur dernier jour, sa gracieuse image,
Leur apparaît au ciel, comme dans un mirage!...
La Sœur Grise est partout où va la Charité!....
C'est l'ange tutélaire, et sa simplicité
Glisse à travers nos pleurs ou la joie de nos fêtes,
Semblable au doux rayon qui calme les tempêtes!....
Elle voit, sans courroux, les loisirs insolents,
Le luxe merveilleux des heureux indolents!...
A l'ombre des longs plis de sa cape de laine,
Elle console! prie! mais ignore la haine!....
De son rôle de femme elle n'a conservé,
Que le divin regard aux anges réservé!....

. . . .

Quelques âmes aussi, même au sein des richesses,
Dédaignent de l'orgueil les trompeuses promesses;
Et, grâce à votre égide, ô noble Charité!
Amassent des trésors pour une éternité!....

« Leur zèle généreux sait créer des ressources
» Pour calmer les douleurs dont Dieu connaît les sources.

. . . .

» Par leurs soins délicats, les tous petits enfants

» Sont recueillis, nourris, vêtus (1)!... Ces soins constants
» Se prolongent encore au-delà de l'enfance;
» Les asiles ouverts dissipent l'ignorance.
» L'instruction, versée dans ces jeunes esprits,
» Leur apprend, du devoir, la mesure et le prix!
» Pour ceux à qui le ciel refusa la lumière,
» L'active Charité franchit toute barrière (2)!...
» Un langage palpable est, à leurs doigts, soumis :
» Les figures, les sons, les mots leur sont transmis! ..
» Dans leur profonde nuit brille enfin l'étincelle
» Qui fait voir, à leur cœur, la nature si belle!....

» Un prodige aussi grand, donne l'ouïe aux sourds,
» La parole aux muets, et ces divers secours
» Sont l'œuvre de héros dont le vaste génie,
» Pour les déshérités fit naître une patrie (2)!....

» Les bienfaits inspirés par vous, ô Charité!
» N'abandonnent jamais l'infime humanité.
» Ils suivent, pas à pas, les hommes dans la vie,
» Quand aux rudes labeurs leur force est asservie;
» Charité, vous créez les *secours mutuels* :
» L'école où s'arrachant aux travaux manuels,
» Ouvriers, villageois, vont s'éclairer, s'instruire,
» Des principes, des lois qui doivent nous conduire!...
» Ils puisent à l'école une juste fierté!....

(1) Saint Vincent de Paul, et toutes les institutions fondées d'après les idées de ce savant philosophe chrétien (qui reçut la dignité épiscopale des mains de Mgr l'évêque de Périgueux en 1600, le 23 septembre, dans la chapelle diocésaine de Château-l'Évêque).

(2) Institutions des jeunes aveugles, des sourds-muets (abbé de l'Épée), né le 25 novembre 1712, mort le 23 décembre 1789.

» Ils ne confondent plus licence et liberté!.....

» Sachant que, du travail, tout homme est tributaire;

» Que leur destin n'est pas un arrêt arbitraire,

» Ils deviennent meilleurs, et de ce grand progrès

» C'est à vous, Charité! qu'appartient le succès!.... »

Tandis qu'en un palais (1) les martyrs de la gloire,

A l'ombre du drapeau si cher à la victoire

Achèvent, dans la paix, des jours qui sont comptés,

Leurs enfants, par l'État élevés, adoptés (2),

Apprennent à bénir cette terre de France,

Où le sang des héros protège l'innocence!.....

Où la Charité prend l'homme dès son berceau (3),

Pour le mener au bien par un chemin nouveau!

Ces institutions composent un domaine

Que dirige avec art une main souveraine (4)!

Tout un peuple d'élus s'y partagent des soins,

Dont les anges et Dieu sont, chaque jour, témoins!...

Enfin, ne bornant pas vos célestes prodiges,

Vous en doublez le prix par les plus doux prestiges!

On voit des légions fuir l'attrait des plaisirs;

Méprisant du repos les fastueux désirs,

Porter aux malheureux, avec un bon sourire,

(1) Le palais des Invalides.

(2) Saint-Cyr, Saint-Denis, Écouen et les Loges (Saint-Germain), maisons Impériales Napoléon, pour l'instruction des enfants appartenant aux membres de la Légion-d'Honneur.

(3) Orphelinats sous la présidence de Son Altesse le Prince Impérial et de Sa Majesté l'Impératrice Eugénie.

(4) Sa Majesté l'Impératrice, présidente des établissements de Bienfaisance.

Et l'or et les conseils où votre amour respire !...
Au chevet du malade à l'appel des mourants,
On retrouve leurs soins attentifs et touchants !....
Elles ont, de leurs jours, banni les soins futiles,
Les obstacles sans but, les désirs inutiles !....
Elles ont, à jamais, choisi Dieu pour leur roi,
Et goûtent au bonheur en pratiquant sa loi !...

Ah ! puisse l'Univers suivre un si noble exemple !....
Puisse la terre, à Dieu, se donner comme un temple !
Et nos cœurs, consumés de son ardent amour,
N'exister que pour lui, sans regret, sans retour !....

Puissent tous les humains former une famille
Où règne la vertu !... Que la Charité brille
De l'immortel éclat qu'ont terni nos forfaits !...
Et que nous lui rendrons en acquérant la paix !...
. . . .
. . . .
Que de l'homme ici-bas se prolonge la vie
Sous cette ère nouvelle attendue et bénie !....
Que les peuples unis par vous, ô Charité !
Fassent pacte éternel avec la vérité !.....

Alors, pour célébrer un si noble esclavage,
Nous saurons, des élus, le souverain langage !
Car les hommes, rendus à leur premier bonheur,
Perdront le souvenir, l'orgueil et la terreur !.....

Le Seigneur nous rendra sa mystique lumière :
Les chants ne seront plus qu'une ardente prière,
Et pour moissonner l'or répandu par vos mains,
On verra, confondus, peuples et souverains!....

. . . .

. . . .

Et quand s'élèvera de toute la nature
Un cantique d'amour, un pur et doux murmure,
Il ne restera plus de larmes à tarir!....
On ne saura plus rien!... rien qu'aimer et bénir!...

Ah! puisse encor ma voix, enthousiaste et tendre,
Être l'écho des voix qu'au ciel je crois entendre!...
Puissé-je, de mes yeux, contempler l'Univers,
Entourant le Seigneur de sublimes concerts!.....

Mais, sans doute en ce jour, que ma muse rêveuse
Évoque avec bonheur, de sa nuit vaporeuse,
Par l'implacable mort seront paralysés,
Et ma voix et mon cœur, d'un saint désir brisés!...
Alors, ô Charité! bénis ma main profane,
Qui, dans tes champs sacrés, erre d'avance et glane!...
Pardonne à mes accents! ils osent te nommer!....
Toi! que les Séraphins peuvent souls célébrer!.....

E. L.

Dupont et Ce. — D. 66.